Analyse de l'œuvre

Par Agnès Fleury et Pauline Coullet

Dracula

de Bram Stoker

Rendez-vous sur lepetitlitteraire.fr et découvrez :

Plus de 1200 analyses
Claires et synthétiques
Téléchargeables en 30 secondes
À imprimer chez soi

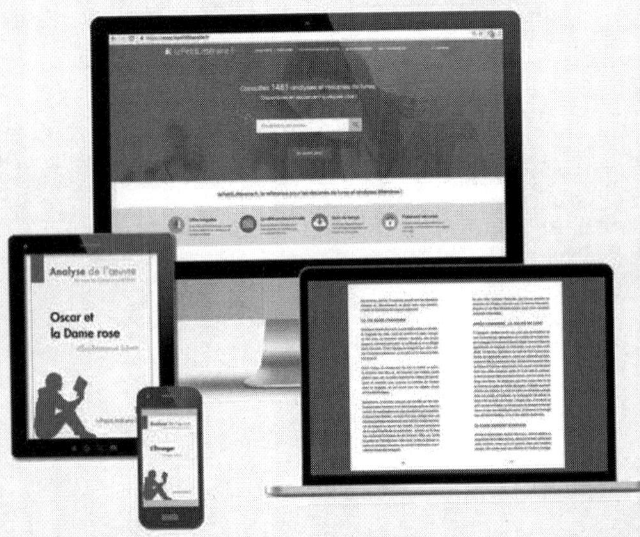

BRAM STOKER

ÉCRIVAIN IRLANDAIS

- **Né en 1847 à Dublin (Irlande)**
- **Décédé en 1912 à Londres**
- **Quelques-unes de ses œuvres :**
  - *Au-delà du crépuscule* (1882), recueil de nouvelles
  - *Le Défilé du serpent* (1890), roman
  - *La Dame au linceul* (1909), roman

Abraham Stoker, plus connu sous le nom de Bram Stoker, est un romancier irlandais. Enfant fragile mais élève brillant, ce passionné de littérature et de théâtre devient chroniqueur pour le *Dublin Evening Mail* et fréquente les milieux artistiques dublinois.

Il rencontre ainsi Walt Whitman (poète américain, 1819-1892), Oscar Wilde (écrivain irlandais, 1854-1900) et surtout l'acteur anglais Henry Irving (1838-1905). La profonde amitié qui lie Bram Stoker à ce dernier se prolonge en une collaboration artistique durable : Bram Stoker devient l'intendant du Lyceum Theatre de Londres dont Irving est le directeur. Il le restera pendant vingt-sept ans.

Malgré son intense activité théâtrale, Bram Stoker se consacre aussi à l'écriture. En 1882, il publie un recueil de nouvelles fantastiques, *Au-delà du crépuscule*, puis, en 1890, son deuxième roman *Le Défilé du serpent*.

En 1897 parait *Dracula*. L'intérêt que suscitera ce roman éclipsera le reste de l'œuvre de l'auteur, des romans d'horreur et de mystère pour l'essentiel (comme *La Dame au linceul*, ou *Le Repaire du ver blanc* en 1911).

DRACULA

UNE CURIOSITÉ LITTÉRAIRE

- **Genre :** roman fantastique
- **Édition de référence :** « Dracula », in *Les Évadés des ténèbres*, trad. L. Molitor, Paris, Robert Laffont, coll. « Bouquins », 1989, 1139 p.
- **1re édition :** 1897
- **Thématiques :** vampire, fantastique, peur, superstitions, folie, science, écriture

Publié en 1897, *Dracula* a été pendant très longtemps considéré comme une curiosité littéraire. Sur les 3 000 exemplaires du premier tirage, seuls 2 700 ont été écoulés, alors que Dickens (écrivain anglais, 1812-1870) vendait en moyenne plus de 1 500 000 exemplaires de chacun de ses livres à la même époque. De plus, la première traduction française ne date que de 1919.

En réalité, c'est grâce aux adaptations théâtrales et cinématographiques, notamment en 1931 avec le film incontournable de Tod Browning (réalisateur, producteur et acteur américain, 1880-1962), que le roman trouvera un écho mondial et connaitra un succès jamais démenti. Aujourd'hui, le personnage de Dracula est si célèbre qu'il a acquis le statut de figure mythique.

Dracula présente également la particularité d'avoir été entièrement écrit à la machine. Bram Stoker partage ainsi avec Nietzsche (philosophe allemand, 1844-1900) la réputation d'être le premier écrivain dactylographe, et le détail est d'importance quand on connait l'enjeu de la dactylographie pour les personnages de *Dracula*.

Dracula est un roman épistolaire qui se déroule entre la Transylvanie et l'Angleterre du XIXe siècle. Jonathan Harker, un jeune notaire, se rend en Roumanie chez le comte Dracula, pour finaliser avec ce dernier l'acquisition d'un domaine à Londres. Pourtant, malgré l'apparente bienveillance de son hôte, le jeune homme ne peut s'empêcher d'éprouver de l'angoisse : il découvre très vite que le comte est un vampire au plan machiavélique.

RÉSUMÉ

EN TRANSYLVANIE,
DANS LE CHÂTEAU DU COMTE DRACULA

À la fin du XIXe siècle, un jeune clerc de notaire anglais, Jonathan Harker, se rend en Roumanie sur l'invitation du comte Dracula, afin de finaliser son achat d'une propriété près de Londres. Le jeune homme profite de ce voyage pour noter dans son journal les beautés et les étrangetés d'une Europe plus orientale et plus traditionnelle que celle qu'il connait : c'est ce journal qui nous est donné à lire.

Arrivé à Bistritz, sa dernière escale, Harker commence à ressentir un certain malaise face à l'attitude effrayée des habitants, qui se signent lorsqu'il parle du comte et lui offrent une croix à porter autour du cou. Il comprend que la population locale craint le château dans lequel il se rend, ainsi que son propriétaire. Il effectue un effrayant voyage : le paysage sombre et désert le glace, une meute de loups suit de près sa calèche et son cocher est peu loquace et très mystérieux. Le jeune notaire parvient finalement au château où il est reçu par le comte, un vieil homme distingué au physique étrange et imposant.

Dracula l'accueille, l'installe et lui interdit l'accès aux portes fermées à clé. La présence du comte auprès de son hôte étant sporadique (il disparait la journée), Harker a tout loisir de se promener dans le château. Alors qu'il s'assoupit après une promenade, il se trouve confronté à quelque chose de si étrange qu'il se demande s'il n'est pas en train de rêver. Trois magnifiques femmes sont en effet entrées dans la pièce et tentent de l'embrasser. Lorsque l'une d'entre elles approche ses longues canines de son cou, Dracula surgit, les écarte violemment et, pour détourner leur attention, leur jette un sac à l'intérieur duquel remue ce qu'on devine être un enfant. Ceci finit d'effrayer le jeune homme, déjà terrorisé après avoir vu le comte sortir la nuit en rampant le long des murs. Il s'évanouit et, à son réveil, ne sait toujours pas s'il a, ou non, rêvé.

Les jours passent et Dracula se fait de plus en plus menaçant et autoritaire : il contrôle les lettres envoyées par Harker et refuse qu'il retourne auprès des siens. Jonathan finit par comprendre qu'il est en fait retenu prisonnier par cet être surnaturel avide de sang humain. Tentant de s'échapper, le clerc rejoint une vieille chapelle en ruine qu'il examine de fond en comble. Dans l'un des caveaux se trouve une large caisse posée sur un tas de terre fraichement retournée. Dedans, Harker découvre le comte endormi les yeux ouverts. Peu après, ce dernier lui annonce que, ses préparatifs étant achevés, il part pour l'Angleterre, et le livre à l'appétit des habitantes du château. Harker entend que l'on transporte les caisses, dont celle où se cache Dracula, pour les amener sur un bateau en partance pour l'Angleterre. Bouleversé, il jure de trouver un moyen de s'échapper et de retrouver sa fiancée, Mina.

EN ANGLETERRE

Après les pages du journal de Jonathan Harker, ce sont les lettres de Mina Murray et Lucy Westenra qui nous sont données à lire. Installées en Angleterre, elles ont correspondu pendant tout le temps du voyage de Jonathan à propos de leur vie sentimentale. Mina s'apprête à épouser Jonathan Harker, tandis que Lucy doit donner une réponse à ses prétendants : John Seward, un talentueux médecin, Quincey Morris, un fougueux Texan, et Arthur Holmwood, un fils de lord. C'est ce dernier qu'elle choisit.

John Seward, directeur d'un asile d'aliénés, décide de noyer sa déception amoureuse dans le travail, en s'intéressant au cas de Renfield, un maniaque qui se nourrit d'êtres vivants : mouches, araignées, moineaux, etc. Il s'enregistre pour évoquer ce cas clinique ainsi que ses pensées personnelles – la retranscription de ses discours nous est donnée à lire.

Mina tient également un journal dans lequel elle retrace ses journées et auquel elle confie s'inquiéter de plus en plus de ne pas avoir de nouvelles de Jonathan. Elle se rend à Whitby, une ville côtière du Nord-Est de l'Angleterre, en compagnie de Lucy et de la mère de celle-ci. L'inquiétude de la jeune femme redouble lorsqu'arrivée à terre, elle se trouve confrontée aux crises de somnambulisme de son amie. De plus, une tempête s'annonce, menaçant la côte.

L'ARRIVÉE DE DRACULA EN ANGLETERRE

Au cours de cette tempête, un étrange navire, chargé uniquement de caisses remplies de terre, s'échoue sur la côte de Whitby : tout l'équipage a disparu, excepté le capitaine, retrouvé mort attaché à la barre, un crucifix dans les mains. Cet évènement est raconté par des coupures du journal *Dailygraph*, ainsi que par le journal de bord du bateau, que

Mina a pu retranscrire dans son journal intime grâce à la permission d'un inspecteur. Les circonstances du naufrage sont des plus étranges : tous les marins ont disparu les uns après les autres dans une atmosphère de terreur, entretenue par les soupçons d'une présence maléfique à bord.

Après cet évènement, les crises de somnambulisme de Lucy deviennent de plus en plus nombreuses et inquiétantes. Elles laissent la jeune femme faible et effrayée, sans compter les deux petites blessures qui sont apparues dans son cou. Mina surveille son amie la nuit et la surprend en étrange compagnie auprès d'une chauvesouris, d'une créature sombre aux yeux flamboyants et d'un grand oiseau, notamment.

Une lettre nous est ensuite donnée à lire, dans laquelle la firme de Jonathan annonce l'arrivée des caisses de terre près de Londres, dans la maison achetée par Dracula. La santé de Lucy semble s'améliorer. Renfield, quant à lui, déclare dans un accès de folie mystique : « Le Maître est près d'ici » (chapitre VIII).

Mina, toujours à Whitby avec Lucy, reçoit enfin des nouvelles de Jonathan : il a réussi à s'échapper du château (il ne sera jamais dit de quelle façon). Il se trouve depuis dans un hôpital de Budapest (Hongrie) où il se remet d'une terrible fièvre cérébrale.

La jeune femme quitte Lucy à Whitby pour rejoindre son fiancé en Hongrie. Il la conjure, terrorisé, de conserver son journal et son terrible contenu. Il refuse de le relire : il ne sait plus s'il a rêvé ou non ce qui lui est arrivé, se croit fou, et ne veut plus jamais parler de son voyage. Mina scelle le journal de Jonathan et, pour célébrer le rétablissement de ce dernier et entamer la nouvelle vie à laquelle il aspire (il veut repartir de zéro après ce terrible épisode), ils se marient.

LA MORT DE LUCY

Alors qu'elle est de retour à Londres, l'état de santé de Lucy se dégrade à nouveau. Inquiet et impuissant, le Dr Seward fait appel à son vieil ami, le célèbre professeur Van Helsing, un philosophe savant.

Constatant qu'elle est anémique, léthargique et qu'elle peine à respirer, il tente de la rétablir grâce à plusieurs transfusions sanguines. Certains indices, tels que les marques sanglantes sur le cou de la jeune femme, poussent le professeur à recommander qu'on la veille pendant son sommeil. De plus, il installe des fleurs d'ail dans la chambre à coucher de la patiente.

Mais une nuit, malgré tous leurs efforts, un drame se produit : au matin, Seward et Van Helsing découvrent la mère de Lucy morte, aux côtés de sa fille inconsciente. Avant de s'évanouir, Lucy avait glissé un papier dans son corsage retraçant la terrible nuit : un loup a fait irruption dans la chambre, causant la mort subite de sa mère.

Alors que le Dr Seward tente de la ramener à elle, il se rend compte, en compagnie de Van Helsing, qu'un changement physique s'est opéré chez la jeune fille : ses canines ont commencé à devenir longues et pointues. Après quelques jours de coma, elle finit par mourir. Van Helsing, qui s'était pris d'affection pour Lucy et son fiancé, Arthur Holmwood, fait une crise de nerfs. Trois jours après l'enterrement de Lucy, des journaux relatent des enlèvements d'enfants et des rumeurs concernant une mystérieuse « dame-en-sang » (chapitre XIII).

LA CHASSE AUX VAMPIRES

Alors qu'elle retrouve son mari traumatisé par sa rencontre à Londres avec un homme qu'il pense être Dracula, Mina décide de briser les scellés et de retranscrire le journal de Jonathan qu'elle fait ensuite lire à Van Helsing. Ce dernier, voyant ses soupçons confirmés, explique que la dame en sang est Lucy elle-même, qui est devenue une non-morte, un vampire qui enlève des enfants pour boire leur sang. Il entreprend de convaincre le Dr Seward, Quincey et Arthur qu'il faut empêcher Lucy de perpétrer ses crimes. Ils se rendent tous les quatre au cimetière et la tuent.

Aidé du couple Harker qui est convaincu que Dracula s'est installé à Londres, Van Helsing se lance à la poursuite du comte pour le détruire, puisqu'il ne fait désormais plus aucun doute que Dracula est un vampire. Pour cela, ils doivent localiser les caisses et les neutraliser en y plaçant des hosties. Ainsi, Dracula n'aura plus de refuge.

Tous les protagonistes se rassemblent dans l'asile. Afin de préserver Mina, ébranlée par les évènements, Jonathan décide de ne plus la mêler à la mission. Elle reste donc dans sa chambre, à l'asile, tandis que les hommes poursuivent leur traque. Un soir pourtant, elle subit les attaques de Dracula, qui s'est introduit dans l'hôpital grâce à Renfield. Au retour de leur traque, les hommes tombent sur Renfield, blessé par

Dracula. C'est que, face au projet criminel du comte vis-à-vis de Mina, Renfield s'était ravisé et interposé. Avant de mourir, il dévoile néanmoins aux hommes le lien mystique et la complicité qu'il entretient avec Dracula. Les hommes arrivent à temps pour voir Dracula forcer Mina à boire son sang, mais ils ne parviennent pas à l'empêcher de s'enfuir. Ils découvrent que le comte a eu le temps de bruler leurs documents (journaux et retranscription des enregistrements du Dr Seward) avant de disparaitre. Van Helsing appose une hostie sur le front de Mina, mais cela a pour effet de la bruler et lui marque le front. Terrorisée, elle crie qu'elle est impure. Si le vampire n'est pas détruit, elle se changera elle aussi en non-morte. La traque se poursuit : les hommes parviennent à détruire toutes les caisses sauf une : Dracula s'en empare et s'échappe d'Angleterre. Les hommes comprennent qu'il compte fuir jusqu'en Roumanie.

LA FIN DE DRACULA

Grâce à Mina qui, depuis sa transformation, peut sous hypnose pénétrer dans l'esprit de Dracula, on apprend que ce dernier a fui par la mer. Les hommes décident donc de le prendre de vitesse par voie terrestre. Mais Dracula, qui se ferme peu à peu à l'esprit de Mina, déjoue leur plan et parvient à rejoindre son château grâce à ses complices, les Tziganes.

Les hommes retrouvent toutefois les trois femmes-vampires que Jonathan avait rencontrées lors de son séjour au château et les tuent d'un pieu dans le cœur.

Après une dernière bataille au cours de laquelle Quincey Morris perd la vie, Dracula est réduit en cendres par Jonathan Harker.

Sept ans après, Jonathan et Mina, délivrée de sa malédiction, ont un fils nommé Quincey. Arthur Holmwood, devenu lord Godalming, et le Dr Seward vivent également tous deux mariés et heureux.

ÉTUDE DES PERSONNAGES

LE COMTE DRACULA

Si, dans le mythe populaire, Dracula est un homme pâle, imberbe, vêtu d'un costume noir et d'une cape à revers rouge, chez Bram Stoker, il se distingue par d'autres traits bien particuliers :

- **il ne s'exprime jamais directement**, ni à l'oral ni à l'écrit alors que les autres personnages du roman tiennent tous un journal, ou une correspondance. Les propos de Dracula sont toujours retranscrits par les autres. Ainsi, le roman n'est en réalité qu'une collection d'écrits et de récits en tout genre qui recomposent l'histoire et les mouvements de Dracula. Ce dernier n'existe qu'à travers le récit qu'en font les autres personnages. Quant à ses pensées, elles ne sont que des supputations de la part de ceux qui le traquent ;
- **son physique évolue au cours du roman.** Décrit dans la première partie comme « un grand vieillard, rasé de frais, si l'on excepte la longue moustache blanche, et vêtu de noir des pieds à la tête » (p. 590), il se métamorphose en « un homme grand et mince au nez aquilin, à la moustache noire et à la barbe pointue, [...] dur, cruel, sensuel, et [aux] énormes dents blanches [...] » à la fin du roman (p. 740). La riche iconographie dont Dracula a été l'objet a fini par éclipser cette représentation du comte tel que l'avait imaginé Bram Stoker ;
- **c'est un être d'une intelligence rare** qui était, de son vivant, un savant remarquable. Même après sa mort,

les traces de son intelligence perdurent et il continue de s'instruire régulièrement ;

- **c'est un aristocrate, un aventurier et un chef de guerre.** Il a conservé, par-delà sa mort (dont on ne sait rien), son esprit de conquête et prend ainsi le risque de quitter son refuge roumain pour se rendre à Londres, où son territoire de chasse serait plus large et où il pourrait devenir le chef de file d'une nouvelle race de morts-vivants. Il s'enfuit toutefois lorsqu'il comprend que Van Helsing et ses amis sont à ses trousses. Il ne pourra finalement leur échapper et sera anéanti avant d'avoir atteint son château, la tête tranchée par Hacker.

LE COUPLE HARKER : JONATHAN ET MINA

D'abord fiancés, puis mariés, Jonathan et Mina Harker représentent les deux faces d'un même type de personnage : ils incarnent la raison, la rigueur et la morale. En ce sens, ils sont les alliés privilégiés de Van Helsing dans sa lutte contre Dracula et, surtout, les principaux scripteurs des documents qui constituent le roman, ce qui fait d'eux les témoins et les narrateurs principaux.

Les autres personnages louent constamment leur courage, leur intelligence et la fermeté de leurs âmes. Jonathan se remet en effet rapidement de sa fièvre cérébrale et n'hésite pas à se relancer dans la traque du vampire. Mina, quant à elle, est fréquemment comparée à un homme : « Elle a véritablement le cerveau d'un homme – d'un homme qui serait extraordinairement doué – mais un cœur de femme. » (p. 802) Elle est cependant laissée de côté lors de la traque de Dracula, car Jonathan souhaite la préserver après la mort de sa meilleure amie. Malheureusement, c'est en voulant protéger Mina que les hommes font d'elle une cible idéale : laissée seule la nuit, elle devient une demoiselle en détresse dans la seconde partie du livre, lorsque Dracula jette son dévolu sur elle. C'est grâce à Mina, qui parvient à pénétrer dans l'esprit du comte depuis qu'elle a bu son sang, que les hommes retrouvent Dracula et le détruisent.

LE PROFESSEUR ABRAHAM VAN HELSING

Ce vieil érudit hollandais est le double bienfaisant de Dracula. Alors que ce dernier met toute son intelligence et son pouvoir au service du mal, Van Helsing utilise ces mêmes armes pour sauver l'humanité du péril des vampires.

Il est, avec Renfield, le premier à admettre l'existence du surnaturel dans le monde des phénomènes quotidiens. Il a accumulé une somme de connaissances et d'astuces au sujet des vampires qui, conjuguée à son statut d'érudit, confère une caution scientifique à l'introduction du fantastique dans le réel.

Sa première mission est de convaincre les autres personnages de l'existence du surnaturel dans le réel, ce qui n'est pas chose aisée. Il est celui qui sait, qui parvient à faire le lien entre les différentes histoires convergeant vers Dracula et celui qui apprend aux autres protagonistes à se prémunir du danger que représentent les vampires.

Van Helsing est également un bel exemple de l'esprit scientifique : il consulte sans relâche spécialistes et ouvrages, confronte ses sources et s'adonne même à des expérimentations afin de trouver une solution. En effet, la longue maladie de Lucy est une sorte d'expérimentation grandeur nature sur les pouvoirs et les modes d'action du vampire : les hommes n'ont de cesse de lui transfuser du sang et d'essayer diverses techniques (ail, hostie, crucifix) pour la libérer de l'emprise vampirique. Un passage étonnant concernant cette personnalité assez monolithique est sans doute la crise de nerfs dont il est victime à la mort de Lucy, lui qui s'était mis à l'aimer comme un père. Il se reprend toutefois assez vite et, lorsqu'il comprend le risque que court Mina, s'engage à traquer Dracula grâce à ses connaissances. C'est donc un homme sérieux et intelligent, mais aussi sensible ; il s'attache rapidement aux personnages principaux et est prêt à donner sa vie pour les sauver.

LES FIANCÉES DE DRACULA : LE TRIO DE VAMPIRES ET LUCY

Lucy et le trio de vampires (dont les identités restent mystérieuses) sont les victimes de Dracula (qui leur a sucé le sang), mais également ses fiancées. Grâce à l'échange de sang, il leur a conféré l'état de non-mortes. Elles ont en commun d'avoir été, de leur vivant, jeunes, belles et pleines d'idées romantiques. Leur transformation en vampires en fait des créatures sensuelles et lascives. Les hommes les tueront avant Dracula : leur beauté voluptueuse tombe en poussière lorsqu'ils leur plantent un pieu dans le cœur.

LES PRÉTENDANTS DE LUCY : LE Dr SEWARD, LORD GODALMING ET QUINCEY MORRIS

Ces trois amis, qui partagent le sens de l'honneur et l'amour qu'ils portent à Lucy, possèdent à eux trois le savoir (un docteur), l'argent (un lord) et l'esprit d'aventure (un Texan). Ils vont ainsi devenir le bras armé de Van Helsing dans sa chasse aux vampires. Tous trois sont très attachés à Lucy et prêts à tout pour la sauver. Lorsqu'elle meurt, lord Goldaming est inconsolable, mais continue pourtant d'aider Van Helsing dans sa chasse.

RENFIELD

Renfield est un maniaque zoophage interné dans l'asile psychiatrique dirigé par le Dr Seward. Il faut noter qu'il est le premier, avec Van Helsing, à détenir la vérité : servile et intéressé par Dracula, qui lui livre des animaux vivants, il prédit l'arrivée du comte et annonce le chaos qu'il représente. Bram Stoker en fait ainsi un prophète maléfique. Son attitude préfigure également le *modus operandi* de Dracula : en dévorant les animaux qu'il trouve, il se délecte de leur sang. Lorsque Dracula vient voir Mina, Renfield lui ouvre les portes de l'hôpital mais, pris de remords lorsqu'il comprend le sort que Dracula réserve à la jeune femme, il s'interpose. Blessé par le comte, il meurt peu de temps après.

CLÉS DE LECTURE

LE MYTHE DU VAMPIRE

Avec le temps, le personnage de Dracula s'est érigé au statut de mythe, au même titre que *Don Juan* et *Faust*. Bram Stoker s'est beaucoup documenté pour inventer son personnage, consultant légendes celtiques et sources historiques. Ainsi, le nom du comte s'inspire de celui de Vlad l'Empaleur (1431-1476), un voïvode (chef militaire) devenu prince de Valachie (Sud de la Roumanie) et surnommé Dracula (dérivé de *drac* signifiant à la fois « dragon » et « diable », en roumain), connu pour sa cruauté au combat. Néanmoins, dans le roman, le comte se présente comme un prince de la lignée des Szeklers de Transylvanie (aussi appelés les Sicules, groupe ethnique hongrois de Transylvanie).

Si la figure du vampire est à la mode au XIXe siècle (*Le Vampire* en 1819 de Polidori [1795-1821] ou *Carmilla* en 1872 de Le Fanu [1814-1873]), c'est pourtant bien le *Dracula* de Bram Stoker qui pose les fondations de la littérature fantastique consacrée aux vampires et qui est à l'origine de la représentation que l'on s'en fait encore aujourd'hui. Ainsi, c'est à Bram Stoker que l'on doit le catalogue (chapitre XVIII) des caractéristiques et des pouvoirs des vampires, qu'il inscrit durablement dans la démonologie moderne. La condition de vampire implique :

- l'absence de reflet dans les miroirs ;
- le refuge dans les cercueils ;
- la crainte de l'ail, des crucifix et des hosties ;

- les canines acérées permettant de sucer le sang des victimes ;
- l'incapacité à traverser l'eau courante ;
- une force et une rapidité prodigieuses ;
- la capacité de se métamorphoser ;
- la capacité de commander à certains animaux ;
- la diminution des pouvoirs le jour ;
- la destruction grâce à un pieu planté dans le cœur et à la décapitation.

Non-mort (qualificatif plus souvent employé dans le roman que celui de vampire), le vampire n'est pas un homme à proprement parler ; il est proche de l'espèce animale. Il commande d'ailleurs à certains animaux (notamment les loups) et se métamorphose en toute forme animale qui lui semble adéquate (chauvesouris, oiseau nocturne, chien ou loup). De manière générale, le champ lexical lié à l'animalité est prépondérant dans l'œuvre.

La particularité des vampires de Stoker est d'être, au-delà de monstres, des réprouvés et des damnés dignes de pitié, à qui la destruction apporte le soulagement de l'âme : « Au moment de la dissolution, une expression de paix se répandit sur ce visage. » (p. 934) Lucy, en tant que vampire, est un être tourmenté ; seule la mort véritable lui apporte la paix. Dracula vit donc dans le tourment depuis des siècles.

UN ROMAN GOTHIQUE ?

Vers la fin du XVIIIe et au début du XIXe siècle, un genre littéraire prend son essor en Angleterre : le roman gothique. Alors que l'Europe connait la poussée du rationalisme (doctrine philosophique qui fonde la connaissance vraie et l'action sur la raison et rejette *à priori* tout ce qui ne peut être démontré par cette dernière ou vérifié par l'expérience), le roman gothique, également appelé « roman noir » ou « roman de terreur », propose des intrigues étranges, peuplées de fantômes et de démons, échappant au rationnel. Ce genre nait avec *Le Château d'Otrante* (1764) de Horace Walpole (écrivain britannique, 1717-1797), un récit qui mêle malédiction moyenâgeuse et château hanté.

Le but des romans gothiques est de susciter la peur chez le lecteur, en recourant, entre autres, à des châteaux en ruines, souvent hantés, à des cadavres ou à des apparitions surnaturelles. Tout repose sur une atmosphère particulière, à base de grincements, d'échappées nocturnes, etc. Le terme de « roman noir » traduit le caractère macabre des intrigues et évoque les scènes nocturnes et cauchemardesques qu'on y retrouve.

À partir des années 1820, le roman gothique lasse le public et connait le déclin. Il passe alors le relai à un genre nouveau, qui y puise son inspiration : le récit fantastique. Le récit fantastique nait au moment où les scientifiques développent leurs recherches sur les maladies mentales, comme celles du professeur Charcot (neurologue français, 1825-1893) sur l'hystérie et l'hypnose. Ces avancées scientifiques conduisent certains auteurs à s'interroger sur l'homme et sur la représentation du monde en général – les personnages du Dr Seward et de Renfield ont été surement inspirés par ces recherches.

Le genre fantastique regroupe de nombreux types de romans, car sa définition est large : l'intrusion brutale du mystère, du surnaturel, dans la vie réelle et rationnelle.

Dracula, publié en 1897, se conforme au genre fantastique, puisqu'il retrace l'histoire du vampire Dracula (un élément surnaturel) venant bouleverser la vie quotidienne de personnages issus d'une Angleterre victorienne tout à fait réaliste. L'existence du comte remet en question les croyances rationnelles des héros et plonge tout le récit dans une atmosphère inquiétante, entre le doute (le couple Harker, le docteur, etc., ceux qui ont du mal à accepter, au premier abord, l'existence d'un être surnaturel) et la croyance (le professeur Van Helsing, qui accepte sans douter la présence du vampire).

Mais cette atmosphère semble surtout s'inspirer du roman noir. En effet, Stoker reprend beaucoup d'éléments au genre gothique :

- **le château lugubre.** Toute la première partie de *Dracula* se déroule dans le château du comte, un édifice décrit comme impressionnant et terrifiant. Construit sur le bord d'un précipice, le manoir du comte est labyrinthique et usé par le temps. Au fil de son séjour dans le château, Jonathan Harker ressent un malaise grandissant : « Plus que jamais, je sens l'horreur de ce lieu ; j'ai peur... j'ai terriblement peur... et il m'est impossible de m'enfuir. » (p. 73) ;
- **l'être terrifiant.** La plupart des romans gothiques mettent en scène des personnages effrayants, à l'aura surnaturelle. Le comte Dracula est un être étrange, doté

d'une force considérable et de pouvoirs surnaturels : il se transforme en différentes créatures ainsi qu'en brume, il contrôle certains animaux, etc. C'est pourtant un être ambivalent : malgré son aspect de prédateur, c'est un aristocrate raffiné. Cette ambivalence, typique du roman noir, se traduit dans les sentiments qu'il inspire à ses victimes (répulsion, terreur, mais aussi fascination) ;

- **le personnage de la jeune femme persécutée et de son sauveur.** Mina fait partie de la longue liste des demoiselles en détresse du roman gothique. Jonathan, son fiancé, parviendra à la sauver des griffes de Dracula avec l'aide de ses amis ;

- **l'atmosphère mystérieuse et macabre.** Outre les lieux, l'atmosphère inquiétante du récit est produite par de nombreux éléments macabres, comme lorsqu'à la mort de Lucy, les journaux révèlent la présence d'une dame sanglante qui erre la nuit. Mais c'est aussi le mystère autour du comte qui participe à cette atmosphère – chaque nouvel élément apporte une nouvelle énigme : qui est Dracula ? Que veut-il faire en Angleterre ? Qu'arrive-t-il à Jonathan lorsqu'il se retrouve seul dans le château ? Quelle est l'origine de la blessure au cou de Lucy ?, etc.

Dracula est donc un roman à cheval entre deux genres : bien qu'il corresponde au genre fantastique, il possède tant de caractéristiques du roman gothique que certains critiques le définissent comme un roman néogothique, aux côtés d'autres romans comme *L'Étrange cas du Dr Jekyll et de Mr Hyde* (1886), de Robert Louis Stevenson (écrivain écossais, 1850-1894), ou bien *Le Portrait de Dorian Gray* (1890) d'Oscar Wilde (écrivain irlandais, 1854-1900).

SCIENCE ET SUPERSTITIONS

Dracula est un roman résolument moderne en cela qu'il fait la part belle à toutes les grandes inventions du monde moderne : le chemin de fer, la sténographie, le phonogramme, la transfusion sanguine, les travaux du Dr Charcot sur l'hypnose, etc. Toute cette science et ces moyens sont utilisés par les combattants de Dracula avec, à leur tête, deux médecins, dont l'un est spécialisé en psychiatrie.

Toutefois, à travers la figure du vampire Dracula, les croyances et les traditions des temps passés sont également bien présentes. Ainsi, l'arrivée du jeune Harker en Transylvanie, décrite comme un lieu ancré dans le passé, donne lieu à un déluge de remarques superstitieuses de la part des autochtones et le met face à des signes prémonitoires comme lorsqu'ils mentionnent Satan à l'évocation de Dracula ou lui donnent une croix pour le protéger du mauvais œil.

Le roman *Dracula* est donc une rencontre entre deux mondes, deux époques et deux cultures :

- l'Orient traditionnel et l'Occident moderne ;
- les superstitions et légendes fantastiques face au progrès scientifique et technique ;
- un personnage aristocrate (Dracula) et ses opposants issus de la classe moyenne (les Harker, Van Helsing).

Ce choc est symbolisé par l'irruption de Dracula, être surnaturel, dans l'Angleterre moderne du XIXe siècle. Il est aussi mis en scène dans le livre à travers plusieurs métaphores, dont une stylistique qui lie un liquide médicinal à une divinité grecque (« le chloroforme, ce Morphée moderne », p. 672) et une autre narrative (Dracula, en quittant son vieil Orient pour l'Occident, rajeunit, ce qui prouve l'effet surnaturel de sa présence à Londres). Toutefois, le paradoxe que pointe l'œuvre est que le nouveau siècle, malgré ses avancées techniques et scientifiques, reconnait la puissance du passé. Ainsi, Van Helsing, pourtant à la pointe de la science, accepte rapidement la possibilité de l'existence d'un vampire (« Ne craignez pas de penser même l'impensable », p. 700), et va le combattre aussi bien grâce aux savoirs ancestraux qu'à son savoir scientifique moderne.

EROS ET THANATOS : ÉROTISME, MORT ET PSYCHANALYSE DANS *DRACULA*

En partant de la réinterprétation psychanalytique des figures mythiques d'Eros et de Thanatos proposée par Freud (médecin autrichien, fondateur de la psychanalyse, 1856-1939), on peut mettre en évidence dans *Dracula* un lien très étroit entre la mort et le sexe. Ce lien se matérialise dans l'intérêt que l'auteur porte au corps. Ainsi, le champ lexical anatomique est très présent et peut souvent se lire à double sens : « Les lèvres de ces plaies minuscules étaient blanches, usées [...], comme par trituration. » (p. 694) Quant aux caractéristiques physiques des vampires, elles sont souvent suggestives, notamment leurs lèvres rouges gorgées de sang. Ce dernier – dont il est beaucoup question dans *Dracula* – devient alors aussi bien le symbole de la vie (quand il circule lors des transfusions) que le symbole de la mort (quand il s'écoule ou s'aspire). Il est également le symbole de la sexualité et devient une métaphore des sécrétions génitales lorsqu'il passe d'un être à un autre. En effet, la plupart des personnages masculins doivent, par transfusion, faire passer leur sang dans le corps de Lucy – Arthur dit d'ailleurs qu'en donnant son sang à Lucy, elle devient sa femme. Le sang s'apparente ainsi aux sécrétions génitales et donc à l'acte sexuel, qui fait de Lucy une femme, une épouse.

Dans le roman, ce sont les femmes qui sont porteuses de la charge érotique. Trois scènes sont particulièrement révélatrices :

- le trio de vampires et leur baiser de mort (« À toutes trois, il nous donnera un baiser », p. 612) ;
- Lucy recevant, par transfusion, le sang de quatre hommes (« la charmante Lucy [...] aurait donc eu plusieurs maris », p. 744) et qui, après sa transformation, devient une représentation de la luxure (« son visage était marqué de voluptueux désirs », p. 779) ;
- l'échange sanguin entre Mina et Dracula, qui en fait ainsi sa maitresse, « celle qui va combler tous [ses] désirs » (p. 853) ;

Dans tous les cas, les femmes qui ont connu l'échange de sang sont damnées et marquées du sceau de la luxure. Pour Mina, cela devient même concret avec la marque de brulure qui subsiste sur son front après que Van Helsing y a posé une hostie – un élément saint, qui fait fuir les vampires. On peut enfin noter qu'aucune de ces femmes n'est mère, si ce n'est Mina qui le deviendra une fois délivrée de l'influence de Dracula. L'érotisme, la sexualité est donc apparentée aux vampires, au Mal, alors que la procréation penche du côté du bien. Hors de l'emprise de Dracula, Mina devient mère, et donc une personne morale et vertueuse. Le paradoxe de *Dracula* est donc de prôner une morale bienpensante selon laquelle la femme et sa sexualité représentent le mal, mais avec un tel foisonnement de détails qu'on a pu dire que ce roman était une critique de la prude société victorienne.

LA PUISSANCE DE L'ÉCRITURE

L'originalité de *Dracula* tient également à sa forme : c'est un roman polyphonique, constitué de lettres (de Lucy à Mina, de Van Helsing à Mina, etc.), d'extraits de journaux intimes (Jonathan, Mina), d'articles et de comptes-rendus scientifiques (Dr Seward), dont le point commun est qu'ils sont tous rédigés à la première personne : cela permet au lecteur de s'identifier aux héros et de plonger plus facilement dans l'ambiance particulière du roman.

Hormis les coupures de journaux, chaque passage est extrait d'un récit personnel et intime (même le Dr Seward finit par faire des confessions personnelles sur Lucy dans ses comptes-rendus). Pourtant, au fil de l'intrigue, Mina prend l'initiative de rendre ces écrits publics, puisqu'elle donne à Van Helsing le journal de Jonathan et propose au docteur de retranscrire les enregistrements qu'il a faits au sujet de Renfield. Elle veut en effet mettre en commun chaque document pour comprendre les évènements qui se produisent autour d'eux.

Petit à petit, elle dactylographie les récits, rajoutant des coupures de journaux en rapport avec l'histoire de Dracula (le bateau retrouvé avec l'équipage mort, l'article sur la dame ensanglantée, etc.), ainsi qu'un autre journal de bord, celui d'un des membres d'équipage de la goélette.

Le travail de Mina n'est pas anodin : c'est en retranscrivant et en réunissant les documents de chacun, c'est-à-dire en mettant en commun toutes les informations, que les personnages comprennent qui est réellement Dracula et comment le vaincre. Stoker montre par là à quel point l'écrit peut être puissant. Le comte Dracula redoute d'ailleurs lui-même cette puissance, puisqu'il brule tous les documents lorsqu'il agresse Mina : lui aussi a compris qu'il s'agit de la clé de sa destruction. Cette idée fait référence à l'avènement des nouvelles technologies à la fin du XIXe siècle (comme la dactylographie) ainsi qu'à l'apogée du journalisme. Grâce aux progrès de l'imprimerie, les journaux sont de plus en plus nombreux et constituent l'une des premières sources d'information. Chez Stoker, cette diffusion de l'information devient essentielle. Elle permet le triomphe du monde moderne sur le surnaturel, sur le monde ancien des croyances.

La raison et la force se trouvent donc du côté de ceux qui écrivent (tous les personnages écrivent des lettres ou des journaux intimes, à l'exception de Dracula) voire qui maitrisent la dactylographie. À l'inverse, la voix du comte est absente du roman : il n'est l'auteur d'aucun écrit. C'est un être qui appartient à l'ancien monde, celui des superstitions. De la même manière, Renfield ne laisse aucune trace écrite, car il est du côté du comte.

Lorsque Dracula brule les écrits et les archives, il tente en effet d'effacer toute trace de sa présence, car une fois son identité fixée sur papier, elle lui échappe. C'est un être surnaturel, furtif, de l'apparition (fantaisie vient d'ailleurs de « *phainein* », en grec, qui veut dire apparition). C'est donc en constituant un dossier sur Dracula, comme la police le ferait pour un coupable qu'elle cherche à cerner, que les personnages fixent son identité sur le papier et le combattent efficacement. Dracula, dépossédé de sa force surnaturelle d'apparition est alors, en quelque sorte « matérialisé », et devient donc vulnérable.

Ainsi, les mots, et plus encore les technologies modernes, sont donc la clé pour appréhender et vaincre le surnaturel dans *Dracula*.

Bram Stoker, avec son roman, a donc fait de son comte Dracula une figure effrayante et complexe, ouvrant la voie à diverses interprétations et érigeant le célèbre vampire au statut de mythe. Nombreuses sont les œuvres qui s'en inspirent ou lui rendent hommage, que ce soit en littérature ou au cinéma. Mais, au-delà de l'épouvante, le livre en lui-même reste un classique de la littérature grâce à sa structure narrative complexe et originale et aux multiples thèmes qu'il aborde et entrelace (l'érotisme, l'écriture, la folie, les progrès techniques).

PISTES DE RÉFLEXION

QUELQUES QUESTIONS POUR APPROFONDIR SA RÉFLEXION...

- Bram Stoker fait dire à plusieurs de ses personnages : « Le sang, c'est la vie. » (citation du Lévitique 17, 11) Commentez et analysez cette phrase.
- Par quel procédé narratif l'auteur donne-t-il la parole à Dracula (ou l'accès à ses pensées) ?
- Étudiez le thème de la folie dans *Dracula*, notamment à travers le personnage de Renfield.
- Relevez et analysez les métamorphoses de Dracula.
- Que sait-on du passé du comte Dracula ? En quoi cela peut-il éclairer son projet de quitter la Roumanie pour s'installer à Londres, puis de retourner sur ses terres natales au cours de sa fuite ?
- Les circonstances de l'évasion de Jonathan Harker du château de Dracula restent inconnues au lecteur. Que peut-on penser de cette ellipse ?
- Le journal de Jonathan Harker rapporte ces paroles de Dracula : « Mais être étranger dans un pays étranger, c'est comme si on n'existait pas. » (p. 594-595) En vous appuyant sur cette phrase, montrez comment *Dracula* peut également se lire comme une allégorie de la peur de l'étranger.
- À partir de cette phrase de Van Helsing, montrez comment science et croyances peuvent coexister dans le roman :

  « Ne pensez-vous pas qu'il y a des choses qui, même si vous

ne les comprenez pas, existent cependant ? [...] Ah ! C'est bien là le défaut de la science : elle voudrait tout expliquer ; et quand il lui est impossible d'expliquer, elle déclare qu'il n'y a rien à expliquer. » (p. 760)

- Relevez et étudiez les états transitoires qui affectent certains personnages : somnambulisme, hypnotisme, etc. Comment ces états créent-ils un lien entre ces personnages et Dracula ?
- L'iconographie liée au vampire Dracula est très riche. Étudiez le physique du personnage à travers la représentation populaire qui en est faite (notamment grâce à vos références cinématographiques) et comparez-le aux descriptions présentes dans le roman.

Votre avis nous intéresse !
Laissez un commentaire sur le site de votre librairie en ligne
et partagez vos coups de cœur sur les réseaux sociaux !

POUR ALLER PLUS LOIN

ÉDITION DE RÉFÉRENCE

- STOKER B., « Dracula », in *Les Évadés des ténèbres*, Paris, Robert Laffont, coll. « Bouquins », 1989.

ÉTUDE DE RÉFÉRENCE

- CASSOU-NOGUÈS A. et LANGENHAGEN M.-A. de, « *Dracula, un récit fantastique* », in *Dracula*, Paris, Flammarion, coll. « Étonnants Classiques », 2004.

ADAPTATIONS

Suite au roman de Bram Stoker, le personnage de Dracula est devenu une grande figure cinématographique et a été librement repris dans de nombreuses œuvres. Le roman en lui-même a fait aussi l'objet de très nombreuses adaptations, dont les plus célèbres sont :

- *Nosferatu, le vampire*, film de Friedrich Wilhelm Murnau, avec Max Schreck, Alexander Granach, Gustav von Wangenheim et Greta Schroeder, Allemagne, 1922. Il s'agit de l'une des premières adaptations du roman de Stoker, bien que le réalisateur n'ait jamais obtenu l'autorisation des ayants droit. Il a donc modifié certains noms et détails par rapport au roman (Dracula, par exemple, devient le comte Orlok) ;

- *Dracula*, pièce de Hamilton Deane, Angleterre, 1924. La pièce a connu un immense succès et a été reprise aux États-Unis, avec Bela Lugosi dans le rôle de Dracula ;
- *Dracula*, film de Tod Browning, avec Bela Lugosi, Helen Chandler, David Manners, Dwight Frye et Edward Van Sloan, États-Unis, 1931. Il ne s'agit pas d'une adaptation directe du roman de Stoker mais de la pièce d'Hamilton Deane revue par John L. Balterstone ;
- *Le Cauchemar de Dracula*, film de Terence Fisher, avec Christopher Lee, Peter Cushing, Michael Gough, Melissa Stribling, Carol Marsh, John Van Eyssen, Grande-Bretagne, 1958. Cette version est très marquée par l'influence gothique du roman. La société de production Hammer Films a produit par la suite une dizaine de films autour du personnage de Dracula, tous interprétés par Christopher Lee ;
- *Nosferatu, fantôme de la nuit*, film de Werner Herzog, avec Klaus Kinski, Isabelle Adjani, Bruno Ganz, Jacques Dufilho, Roland Topor, R.F.A., France, 1979 ;
- *Dracula*, film de Francis Ford Coppola, avec Gary Oldman, Winona Ryder, Keanu Reeves et Anthony Hopkins, États-Unis, 1992. Ce film est sans doute le plus fidèle à l'œuvre de Stoker.

DUMAS
- Les Trois
Mousquetaires

ÉNARD
- Parlez-leur
de batailles,
de rois et
d'éléphants

FERRARI
- Le Sermon sur la
chute de Rome

FLAUBERT
- Madame Bovary

FRANK
- Journal
d'Anne Frank

FRED VARGAS
- Pars vite et
reviens tard

GARY
- La Vie devant soi

GAUDÉ
- La Mort du
roi Tsongor
- Le Soleil des
Scorta

GAUTIER
- La Morte
amoureuse
- Le Capitaine
Fracasse

GAVALDA
- 35 kilos d'espoir

GIDE
- Les
Faux-Monnayeurs

GIONO
- Le Grand
Troupeau
- Le Hussard
sur le toit

GIRAUDOUX
- La guerre de
Troie
n'aura pas lieu

GOLDING
- Sa Majesté des
Mouches

GRIMBERT
- Un secret

HEMINGWAY
- Le Vieil Homme
et la Mer

HESSEL
- Indignez-vous !

HOMÈRE
- L'Odyssée

HUGO
- Le Dernier Jour
d'un condamné
- Les Misérables
- Notre-Dame
de Paris

HUXLEY
- Le Meilleur
des mondes

IONESCO
- Rhinocéros
- La Cantatrice
chauve

JARY
- Ubu roi

JENNI
- L'Art français
de la guerre

JOFFO
- Un sac de billes

KAFKA
- La Métamorphose

KEROUAC
- Sur la route

KESSEL
- Le Lion

LARSSON
- Millenium 1. Les
hommes qui
n'aimaient pas
les femmes

LE CLÉZIO
- Mondo

LEVI
- Si c'est un
homme

LEVY
- Et si c'était vrai…

MAALOUF
- Léon l'Africain

MALRAUX
- La Condition humaine

MARIVAUX
- La Double Inconstance
- Le Jeu de l'amour et du hasard

MARTINEZ
- Du domaine des murmures

MAUPASSANT
- Boule de suif
- Le Horla
- Une vie

MAURIAC
- Le Nœud de vipères

MAURIAC
- Le Sagouin

MÉRIMÉE
- Tamango
- Colomba

MERLE
- La mort est mon métier

MOLIÈRE
- Le Misanthrope
- L'Avare
- Le Bourgeois gentilhomme

MONTAIGNE
- Essais

MORPURGO
- Le Roi Arthur

MUSSET
- Lorenzaccio

MUSSO
- Que serais-je sans toi ?

NOTHOMB
- Stupeur et Tremblements

ORWELL
- La Ferme des animaux
- 1984

PAGNOL
- La Gloire de mon père

PANCOL
- Les Yeux jaunes des crocodiles

PASCAL
- Pensées

PENNAC
- Au bonheur des ogres

POE
- La Chute de la maison Usher

PROUST
- Du côté de chez Swann

QUENEAU
- Zazie dans le métro

QUIGNARD
- Tous les matins du monde

RABELAIS
- Gargantua

RACINE
- Andromaque
- Britannicus
- Phèdre

ROUSSEAU
- Confessions

ROSTAND
- Cyrano de Bergerac

ROWLING
- Harry Potter à l'école des sorciers

SAINT-EXUPÉRY
- Le Petit Prince
- Vol de nuit

SARTRE
- Huis clos
- La Nausée
- Les Mouches

SCHLINK
- Le Liseur

SCHMITT
- La Part de l'autre
- Oscar et la Dame rose

SEPULVEDA
- Le Vieux qui lisait des romans d'amour

SHAKESPEARE
- Roméo et Juliette

SIMENON
- Le Chien jaune

STEEMAN
- L'Assassin habite au 21

STEINBECK
- Des souris et des hommes

STENDHAL
- Le Rouge et le Noir

STEVENSON
- L'Île au trésor

SÜSKIND
- Le Parfum

TOLSTOÏ
- Anna Karénine

TOURNIER
- Vendredi ou la Vie sauvage

TOUSSAINT
- Fuir

UHLMAN
- L'Ami retrouvé

VERNE
- Le Tour du monde en 80 jours
- Vingt mille lieues sous les mers
- Voyage au centre de la terre

VIAN
- L'Écume des jours

VOLTAIRE
- Candide

WELLS
- La Guerre des mondes

YOURCENAR
- Mémoires d'Hadrien

ZOLA
- Au bonheur des dames
- L'Assommoir
- Germinal

ZWEIG
- Le Joueur d'échecs

www.lepetitlitteraire.fr

ISBN version numérique : 978-2-8062-9446-3
ISBN version papier : 978-2-8062-9447-0
Dépôt légal : D/2017/12603/112

Avec la collaboration de Pauline Coullet pour les chapitres « Un roman gothique ? », « La puissance de l'écriture » ainsi que pour les références des « Adaptations ».

Conception numérique : Primento,
le partenaire numérique des éditeurs.

Ce titre a été réalisé avec le soutien de la Fédération Wallonie-Bruxelles, Service général des Lettres et du Livre.

Made in the USA
Monee, IL
07 July 2026

56544679R00024